c o l l e

▼

Romans jeunesse

Éditions HRW

Groupe Éducalivres inc.
955, rue Bergar
Laval (Québec) H7L 4Z6
Téléphone : (514) 334-8466
Télécopieur : (514) 334-8387
Internet : http://www.educalivres.com

Déjà parus dans cette collection:

Mon fantôme préféré

▼

Jasmine Dagenais

Mon fantôme préféré
Dagenais, Jasmine
Collection L'Heure Plaisir Coucou

Directeur de la collection : Yves Lizotte
Illustrations originales : Yves Boudreau

© 1997, **Éditions HRW** ■ Groupe Éducalivres inc.
Tous droits réservés

ISBN 0-03-927687-2
Dépôt légal – 1er trimestre
Bibliothèque nationale du Québec, 1997
Bibliothèque nationale du Canada, 1997

Imprimé au Canada
2 3 4 5 6 RV 5 4 3 2 1 0

Table des chapitres

▼

VI

Liste des personnages
de ce récit

▼

Au besoin, consulte cette liste
pour retrouver l'identité
d'un personnage.

Personnages principaux :

Marie-Ève
jeune aventurière
de neuf ans qui aime
les châteaux et les
fantômes.

Maxime
son petit frère de
sept ans, courageux
et espiègle

Personnages secondaires :

**Les parents de
Marie-Ève et Maxime**

Chico
l'armure

Le fantôme

Chapitre 1

Une bonne nouvelle

Ça y est! Depuis le temps que je rêve d'être une princesse, j'y suis presque arrivée. Mon histoire ressemble à un conte de fées. Imagine! Mes parents viennent d'hériter d'un château, un vrai, quelque part en France...

Moi, Marie-Ève, fille bien ordinaire du Québec, je vais devenir châtelaine, en France, à neuf ans !

Tu te demandes comment c'est possible ?

Voilà ! L'autre soir, je jouais avec mon petit frère Maxime, quand papa est arrivé à la maison.

Il avait dans les bras un gros bouquet de fleurs et il était tout énervé. Il a demandé à maman :

– Te souviens-tu de l'oncle Paul ?

– Celui qui habite en France ? a demandé maman.

– C'est bien lui. Il était un peu spécial. Imagine, le pauvre vieux est décédé le mois dernier. Mais il nous laisse son vieux manoir en héritage !

Tu parles d'une aventure ! Mon frère et moi sommes fous de joie ! Ce cadeau arrive à point pour combler nos vacances d'été. Nous irons donc voir sur place ce merveilleux château et régler certains papiers importants chez un notaire français.

Chapitre 2

Le grand départ

Ça fait déjà dix jours que ma valise traîne dans ma chambre. Je ne veux surtout rien oublier.

J'y ai mis un livre sur les fantômes, car il paraît qu'en Europe beaucoup de châteaux sont hantés. Ma mère dit que les fantômes n'existent pas. Mais moi, je possède plusieurs livres qui racontent des histoires mystérieuses.

— Marie-Ève, demande mon petit frère, penses-tu que notre château est hanté ?

— Je l'espère bien, surtout si le fantôme est aussi beau et aussi gentil que Casper !

— S'il y a un fantôme, on l'appellera Chico, décide Max.

Enfin, l'heure du départ est arrivée.

Nous sommes à l'aéroport. J'ai la trouille ! C'est la première fois que je prends l'avion.

Il est bien beau avec son nez effilé, mais qui me dit qu'il ne tombera pas ?

Je m'assois à côté de mon frère. Il est tout excité ! Je le trouve adorable avec ses taches de rousseur et son petit nez retroussé.

– Papa, demande Maxime, comment ferons-nous pour le trouver, notre château ?

– Une auto nous attend en France. Cette nuit, nous dormirons dans un hôtel. Et demain, nous le visiterons enfin, notre château !

Chapitre 3

Un château à explorer

Depuis hier, nous sommes au château. Il est beaucoup plus petit que je ne le croyais.

L'homme qui nous a remis les clés nous a appris qu'une dame venait régulièrement pour l'entretenir.

Même s'il est un peu délabré, tout y est propre et accueillant.

La première nuit, j'ai dormi dans une immense chambre avec mon frère. J'avais bien trop peur pour coucher toute seule... Même là, j'ai entendu toutes sortes de bruits bizarres...

– Ne t'en fais pas, m'a rassurée papa. Dans toutes les vieilles demeures on entend des craquements.

– Peut-être, mais je me demande si je vais m'y habituer.

– N'aie pas peur, intervient Max. Je vais te protéger !

Au pied de l'escalier, il y a une armure gigantesque, comme on en voit dans les livres. Je me demande bien comment les chevaliers pouvaient se promener avec ça !

Dans chaque pièce, il y a des choses à découvrir. Cet après-midi, nous irons explorer le grenier.

Chapitre 4

Des bruits inquiétants

Pendant que mes parents sont partis faire l'épicerie, Max et moi jouons dans notre chambre. Nous nous amusons à fouiller dans une grosse malle qu'on a trouvée. Il y a de tout : de vieux vêtements, des vieilles photographies, de drôles de statuettes...

BANG! Qu'est-ce que c'est, ce bruit? D'un mouvement rapide, Max et moi on se jette dans les bras l'un de l'autre.

BOUM! Cette fois, on aurait dit un coup donné dans les murs. Nous plongeons tous les deux sous les couvertures de notre lit.

– C'est peut-être un voleur, dit mon petit frère. Je vais lui faire une prise de karaté.

Bondissant sur le lit, il me fait une démonstration.

– Kai ! hurle-t-il en donnant un coup de pied à un adversaire imaginaire.

iiiiii... Un horrible grincement se fait entendre. J'en ai le frisson... Mon courageux petit frère a disparu...

En quelques secondes, il est blotti contre moi, sous les draps. Je lui chuchote à l'oreille :

– Cette fois-ci, c'est certain, il y a quelqu'un dans le château !

– Marie-Ève, bégaie mon frère, je pense que c'est l'armure qui monte l'escalier…

Un sinistre ricanement accompagne le bruit de pas qui vient vers nous.

iiiiii… Encore ce bruit horrible ! Nous sommes terrifiés !

Puis, plus rien. Le silence semble encore plus menaçant...

– Marie-Ève..., il est là... sur le palier... Tu penses qu'un fantôme ça peut traverser une porte ?

– Chut... j'entends un bruit d'auto... C'est sûrement papa et maman qui reviennent... Il était temps !

Vite, on ouvre la porte de la chambre. Au pied de l'escalier, l'armure semble nous regarder en grimaçant.

– Regarde, Marie-Ève, sa visière est relevée !

– Tu as raison. Et je suis certaine que l'armure a changé de place depuis tout à l'heure.

On entend le bruit de la clé dans la serrure. Soulagés, on se jette dans les bras de nos parents.

Chapitre 5

Le réveil du fantôme

Naturellement, nos parents croient que notre imagination nous a joué un tour. Pour se changer les idées, on s'amuse toute la soirée avec des jeux de société : *Les sept familles, Clue, Monopoly.*

Hélas ! C'est maintenant l'heure d'aller dormir. Heureusement, notre chambre est près de celle de nos parents.

D'habitude, j'aime bien le tic-tac de l'horloge. Ce soir, il me fait peur.

Si au moins minuit était déjà passé... Il paraît que c'est à cette heure-là que les fantômes se réveillent... Si demain peut arriver ! Et Maxime qui dort déjà !

BANG ! Voilà que ça recommence. iiiii... Encore cet horrible bruit !

– Maman ! Maman !

– Oui, chérie, moi aussi j'ai entendu.

Nous sommes tous les quatre debout, en haut de l'escalier. On a allumé les lumières. On regarde notre ennemie, l'armure, mais elle a l'air de se tenir tranquille.

Maman dit à papa :

– Dire qu'il y a peut-être quelqu'un qui nous observe, mais qu'on ne voit pas. C'est effrayant !

Un courant d'air froid nous fait dresser les cheveux sur la tête. J'avoue qu'en ce moment tout ce que je désire, c'est partir d'ici au plus vite. Qu'on le donne, ce château, je n'en veux plus !

Papa décide de faire le tour de la propriété. Nous l'accompagnons. Ensemble, on se sent bien plus fort.

Nous regardons partout. Même dans l'armure... Nulle part, on ne voit de traces du fantôme.

Le reste de la nuit est très calme. Pour nous rassurer, maman ne se couche pas. Elle s'est installée dans un fauteuil avec un livre. En réalité, je pense qu'elle n'a pas le courage de retourner dormir...

Chapitre 6

Le passage secret

Enfin ! Nos parents ont décidé de vendre le château. Ils n'aiment pas du tout ce qui se passe ici. Papa nous a aidés à démonter l'armure. Elle est bien moins impressionnante comme ça...

Maxime et moi, on l'a baptisée Chico. Difficile à croire que ce tas de ferraille cache un vrai fantôme !

— Regardez ! dit maman. Il y a un placard dissimulé derrière l'escalier.

Maman l'ouvre. Il ne contient que des produits de nettoyage.

— Ce serait amusant de nettoyer Chico, suggère maman.

— Bonne idée ! dit Max.

Mais, au lieu de nous aider à astiquer Chico, Max passe son temps à se cacher dans le placard.

Il donne des coups dans les murs pour imiter le fantôme. La première fois, j'ai bien cru que c'était lui qui revenait !

Tout à coup, je sens le même courant d'air froid et j'entends les mêmes bruits sourds que cette nuit. Puis, soudain, un cri… !

C'est horrible ! C'est la voix de Max ! Je me précipite vers le placard. Personne... Je me mets à hurler :

– Papa ! maman ! Maxime a disparu ! C'est le fantôme... il a pris Maxime !

Je pleure sans pouvoir m'arrêter.

– Hé ! sortez-moi de là !

Youppi ! c'est lui ! C'est la voix de mon frère !

– Où es-tu ?

– Frappez dans le mur, crie Max. Mais faites attention pour ne pas tomber aussi.

Tous les trois, on se bouscule pour frapper dans les murs du cagibi. Soudain, une paroi bascule.

Si maman ne m'avait pas retenue, je serais tombée tête première dans un sombre escalier. Max est là, blessé, couvert de poussière.

On sent un vent froid.

– Un passage secret, dit papa. Notre fantôme doit sûrement passer par là. Je parie qu'il est en chair et en os, tout comme nous. Mais assez discuté. Pour l'instant, il faut aider Maxime...

Chapitre 7

Le piège

Pauvre Maxime ! Il s'est foulé la cheville. Maman en profite pour cajoler son petit garçon. Papa, lui, est très fier d'avoir découvert la supercherie.

Au bas de l'escalier, il a trouvé un souterrain qui mène à l'extérieur. On y a accès par une trappe cachée derrière une cabane de jardin. C'est par là qu'entre notre faux fantôme. Nous allons donc lui tendre un piège !

Il est minuit. Tout se déroule comme prévu. Papa s'est caché à l'extérieur, près de la trappe.

BANG ! BANG ! Cette fois-ci, nous crions pour faire semblant. En réalité nous sommes morts… de rire. Maman prend la lance de Chico.

Je suis un peu moins brave que cet après-midi. Je pense à mon pauvre petit papa, seul, dans la nuit noire. J'espère qu'il ne lui arrivera rien.

Les minutes semblent très longues. Je n'ose plus respirer... Soudain, un cri... puis un bruit de lutte.

Vite, maman sort du château, armée de la lance de Chico. Quelques minutes passent. Enfin, les voici! Papa et maman entrent, tenant dans leurs bras une silhouette enveloppée dans des couvertures. Notre fantôme se débat comme un beau diable.

Je m'empare de la lance de maman, prête à l'abattre sur la tête du fantôme s'il est trop menaçant. D'un coup sec, papa et maman le libèrent. Quel fantôme !

Il doit avoir environ treize ans et il est mignon comme tout. Mignon, mais très en colère !

Soudain, il se calme :

— Allez-vous avertir la police ? demande-t-il d'un air agressif.

— Non, si tu nous expliques ce que tu fais ici, répond mon père.

Pendant qu'il réfléchit, je l'observe à mon aise. Dire que j'en avais peur ! Maintenant, il fait plutôt battre mon cœur.

— D'accord ! dit-il. Eh bien, je m'appelle Nikola...

Chapitre 8

Nikola

Nikola est le fils de la dame qui entretient notre propriété. Il connaissait très bien mon oncle et rêvait d'habiter un jour au château. Aussi cherchait-il à nous faire peur pour nous convaincre de le louer à sa mère. Ce que nous ferons avec plaisir, puisque nous ne désirons pas quitter le Québec.

Voici maintenant la fin de notre aventure. Nikola est devenu notre ami. Nous nous sommes promis de lui écrire très souvent. Peut-être même pourra-t-il nous rendre visite ? Je l'espère ! C'est vraiment le fantôme le plus charmant que j'ai jamais vu...

Comme ça fait du bien d'être de nouveau chez nous ! Mes amis sont contents de me revoir et le téléphone sonne sans arrêt. Max raconte à tout le monde qu'il a vaincu le fantôme seul et à mains nues.

À l'entendre, nous habitions un immense château comme ceux du Moyen Âge.

Toutes les nuits, on entendait des lamentations, des bruits terrifiants et des hurlements. Mille dangers nous guettaient.

Selon lui, c'est un miracle s'il ne s'est pas tué dans le passage secret.

Il raconte qu'il a fait une chute d'au moins vingt mètres. Il a si bien transformé la réalité que tout le monde le considère comme un héros.

Quant à Chico, nous nous sommes amusés à l'assembler. Notre armure est là, toute fière, dans le bureau de mon père. Justement, à propos de Chico... L'autre nuit, je lisais dans mon lit. Tout le monde dormait. Pourtant, il m'a semblé avoir entendu un drôle de bruit.

Comme un grincement... Doucement, je me suis glissée dans le bureau de papa. Chico était là... J'avais l'impression qu'il avait bougé. Un frisson m'est passé dans le dos.

– Max...? Il y a quelqu'un...?

Naturellement, personne ne m'a répondu. J'ai regardé Chico encore une fois. J'ai alors eu la nette impression qu'il se moquait un tout petit peu de moi...

FIN